JN060289

太田千鶴子

投稿を拝見し
書いておくことにします

文芸社

投稿を拝見し　書いておくことにします

はじめに

今回、戦禍に命をおとした多くの方、災害や事故で無念な思いをした方々を想い、忘れずに伝える為、今までに見聞きしてきたことなどを、書き残すこととします。

そのきっかけは、新聞の読者の投稿でした。

令和三（二〇二一）年は八十年前に、日本が米英など連合国と戦争を始めたので、テレビ番組や新聞紙上で、戦争に関する貴重な映像を観、記事を読む機会が有りました。

十二月八日付の毎日新聞、「オピニオン記者の目『栗原俊雄』（専門記者）」『開戦八〇年に考える教訓』には、日中戦争時は近衛首相、太平洋戦争開戦時は東条英機首相。どちらも選挙で選ばれた政党の党首ではない。五段に及ぶ記事で『参政権や言論の自由など権利生かし身を守る』との内容でした。

私は当時の選挙権は二十五歳以上の男性にしかない制限選挙だった、と理解していましたが、国民が何も言えない状況下であったと知ることになりました。十二月二十八日付毎日新聞で、『相可文代（おおかふみよ）』氏の書かれた『「ヒロポン」と「特攻」女学生が包んだ「覚醒剤入りチョコレート」梅田和子さんの戦争体験からの考察』が紹介されていて、直ぐにお送り頂き、拝読しました。この著書によりまして、戦争にまつわる多くの事実を知ることができました。

感謝致します。

目次

太平洋戦争

その投稿は令和三（二〇二一）年の三月三十日の朝刊でした。吹田市在住の八十六歳の方が、『大阪大空襲で見た地獄絵図』と題して、昭和二十（一九四五）年三月十三日夜に始まった『大阪大空襲』について書かれていました。当時十歳だった投稿者が見た、隣接する大阪市の空が真っ赤に染まったことと、翌朝家の前を逃げてきた人々の姿は、地獄絵図を見るようだったこと。終戦が遅れていたら、投稿者ご自身もこの世にいなかったかもしれない。戦争は悲惨で恐ろしい、と締めくくられていました。

投稿者は、空襲被害についての説明記事をきっかけに投稿されました。

戦争の事実が記録と記憶で次の世代に正しく伝えられて、平和のありがたさを大切にしなければならないのです。

『大阪大空襲』をご存知の方は多いと思います。しかし、知らない世代が多くなってきているることも確かでしょう。『大阪大空襲』はその後、何度も行われたそうです。

私がこの地、奈良県に引っ越してきて少したった頃、初対面の方と話をしていた時のことでした。

多分大阪から転居してきたことなどを話した後に、

「奈良は自然もきれいでお寺も多く、戦争の被害も多くは受けていないでしょうね」

そんな話の後に、大阪の空襲の話になりました。

「ここから見てました。あれ大阪ちがうか、言うて。もうそら赤くなって、こんなこと言うたら何やけど、きれいかった。花火みたいやった」

「やめて、何でそんなこと言うの。思うのは勝手やけど、そんなこと言わんといて」

言葉は心にしまいました。この方には分からないのですから。

母は大阪の南で生まれ育ちました。そして、被災しました。母はその時のことを、私が小さい時から何度も何度も話して聞かせてくれました。その時々の私に分かるように。年月日は聞いていません。まだ小さかった叔父を抱きかかえた祖母と叔母二人と、五人で大阪大空襲の火の中、火の海、恐怖と大混乱の中、叔母が「姉ちゃんこっちゃ、こっち行こう」と右往左往して、やっと小学校にたどり着いたそうです。そこには逃げてきた人々が大勢いたそうです。

母たちは何とか生きました。生きることしか考えなかったと思います。おかげで今日の私がいるのです。

多くの人々が戦禍の犠牲になりました。

大阪の街は焼け野原となってしまったのです。

投稿者の記事を参考にすると、その時の母は二十二歳だったと思われます。

戦時中、食料の配給が有りました。多くの方がご存知だと思います。「配給が芋のつるやよ。どないして食べるの。お腹すいてるのに」。これも母から聞いたことです。この話もここ奈良で話をして、「嘘や」と言われたことが有りました。その時生まれていなかった人に分かる訳が有りません。母が実際体験したことを、私に教えてくれたのです。

知人も大阪ではないですが、戦時中の「芋のつる」の話は聞いて知っていました。

庄野潤三氏の『紺野機業場』を今年読んだのは三度目ですが、その中でも戦時中の芋の蔓のことが書かれていました。十年前に読んだ時は気付きませんでした。

同じ戦時下に有っても、地域や状況で其々に違うのでしょう。生死を分けるような状況を、何とか生きてきた人々。新聞の投稿者のように十歳の時、戦火を逃げてきた人々を目の当たりにして、迫りくるご自身の危険に直面した経験を持つ人。食べるものに困らない状況だった人。

戦後

戦地では、兵隊は戦死した方も多かったけれど、病気で薬もなく病死した方、食料がなく飢え死にした方も多かったようです。

国内では終戦後一部の軍人が、トラックに物資を積んで運んでいるのを見た人がいたそうです。相可氏の著書では、各地で同じようなことが有ったようです。

国民の中でも全員が食料に困窮したのではなく、やはり農家や自給自足できる人々は、充分ではなくても食料は有ったのだと思います。

食べるものがない人々は、着物などを持って農家に農作物と交換してもらいに行きました。

この戦争の開戦、終戦の中心にいた人たちは、どのように考えて行動してきたのでしょうか。

小学校五年か六年の時、担任の先生が「君たちはお父さんお母さんから、戦争中の話を聞いたことは有りますか」と私たちに聞かれました。他の生徒がどのような話をしたかは覚えていません。私は「天井粥」のことを言いました。「お粥さんを作ってもお米が少ししかなく、天井がお粥さんに映っていたそうです」。木造家屋の天井に木の桟が有ったのでそれが映っていたそうです。これも母から聞いた話です。まだこの頃はお米が少しはあったのです。

この時、何故大阪大空襲のことを話さなかったのかは分かりません。小学校にいく前から聞いていたのですが。

小さい頃

小さい頃、梅田のデパートへ母が連れて行ってくれました。滅多にないことで、四角い形のチョコレートを買ってもらえるのが嬉しかったので、よく覚えています。

阪急の梅田駅は、現在の場所ではなくて、当時の国鉄、現在のＪＲ大阪駅から信号を渡って直ぐのところでした。ホームも神戸線、宝塚線、京都線の三つだけでした。京都線のホームに千里線も入ってくるという状態だったのです。

デパートの入り口も当然、今とは違っていました。その入り口に白い服を着て、体に怪我をした人が座っていました。前にお金を入れる入れ物が置いて有りました。松葉づえを横に置いていたことも有りました。

母に「何でいたはるの」と聞くと、「戦争で怪我された人でお仕事できないから」そのように教えてくれましたが、終戦から既に十年以上が過ぎていたと思います。「もはや戦後ではない」と世間ではいわれていました。

その方々には戦後は続いていました。また、七十年以上たった現在も、原爆の後遺症の方にとって、戦後は続いているのです。

日本学術会議

最近、日本学術会議という機関が有ることを知りました。何故出来たかも、会員候補拒否問題が話題になるまで知りませんでした。

ただし「原子力三原則」は覚えていました。

日本学術会議の問題で、立憲民主党の国会での質問「加藤陽子氏は何をした方か知っていますか」に対して「知りません」という菅総理の答弁を見ました。菅総理は、自身が日本学術会議のメンバーとすることに拒否した加藤氏が歴史学者で、日本の近現代史を専攻されていることを全く理解することなく判断したのでしょうか。とても奇異な思いがしました。

私は、近現代史はほとんど勉強していません。教えてもらっていないと思います。

何か小説とかで知りました。

終戦当時、満州にいて大変な思いをして引き揚げてきた作家の書籍を読んで、分かったことが有りました。

終戦で戦争が終わると軍とその家族は引き揚げてしまって、民間人は現地で置き去りにされていたとのことでした。

後に一部の方々が、中国残留孤児問題となって、私たちの知るところとなるのでした。

先生方が近現代史を教えなかったのは、教えたくなかったのでしょうか。最近のテレビで、新しい教科書が近現代史を教えることを伝えていました。当然だと思います。ニュースでは、日本史の縄文時代、弥生時代に時間を長くかけて、近現代史まで教育できなかったと言っていました。新任教員でも、一年間授業を受け持てば、近現代史の時間が足りないことは分かると思います。毎年同じことを繰り返していたのは納得できる説明ではないでしょう。

海外では、とても詳細に教えるようです。だから、子供の頃から政治に興味を持ち、国際的なことや条約などその重要性を認識するのです。そして、個人の主張をしっかりします。

何度かテレビのドキュメンタリー番組で、戦争当時のフィルムを見ました。それと、新聞記事や相可氏や加藤氏の書籍を読むことで、当時の状況の一端を知ることができたと思います。

知らなかったことの多さに気付くきっかけとなったのが日本学術会議問題だったのです。

近現代史は何故私たちに広がらないのか分かりません。最近の新聞記事に、この奈良の地でも、戦犯を出してはいけないからという理由で、書類を燃やしていた事実が有ったと記載されていました。何故そうした考えになるのでしょうか。日本各地でこのようなことがあったのであれば問題です。書類を隠すこと自体が大問題だと思います。書類を燃やした人は罪に問われないのでしょうか。政治的にも人の命を軽く見ていることとして考える必要が有ります。

戦争でお父様を亡くされている方は、お母様が女手ひとつで子供たちを育てられました。日本中の多くの戦争未亡人が、そのようにして苦労を重ねてこられて今日が有ります。「兄は戦争をした人を恨んでいます」、旅行先でそう言われた人がいました。

そういえば、五十年ぐらい前のテレビで、皇室についてのインタビューに対して、若い大学生くらいの女性は、「皇室は私たちに何をしてくれるのですか」と答えました。当時は編集されることはなく、そのまま放映されました。

半藤一利氏の『日本のいちばん長い日』を読みました。多くの政府関係者と軍人の思惑が書かれています。日本国民はこの人たちに命運を預けていたのかという思いで苦しくなりました。

そして、敗戦が決まり書類が燃やされていったのです。

『国体護持』『一億総玉砕』と言っていた人たちが、一旦敗戦が決まると、今度は機密書類を燃やしたのです。何の為。保身の為なのでしょうか。戦争犯罪に問われるのを恐れて、保身に走ったのではないでしょうか。毎日毎日兵隊を死地に送り出し、敗戦することが分かっていながら、特攻で多くの若い人たちの人生を失わせてしまったのです。

知人は言います。

「多くの人は、『天皇陛下万歳』などと言って死んではいない。お母さん、或いは家族の名を呼んで死んでいった」

高校の修学旅行は北九州に行きました。長崎の原爆資料館に行った時の衝撃は、たいへんなものでした。とても辛かったことは忘れません。それで、私は広島には行けないと思いました。

後日、多分三十五歳頃だったと思いますが、取引先の方が夏休みを利用して、中学生くらいの息子さんと共に広島の原爆ドーム・原爆資料館を見る為にスイスから来日されました。その案内役となり同行させて頂いたのです。衝撃を受けたのは変わりませんが、原爆資料館からなかなか出てくることができませんでした。

高校生の時に訪れた長崎原爆資料館とは展示内容も違うので比較できませんが、違う感じ方をしました。また、現代社会における核実験の数に驚きました。同行者のスイス人親子は、とても気づかってくれました。行くことはないかもしれないと思っていた私に、たいへん貴重な機会を与えて頂きました。

海外の方にも知るべきこと、或いは子供に教育しておくべきことと考えられている原爆のことは、被爆国、日本の私たちは、決して過去のことではなく、現実にまだ苦しんでいる方々がいることを知らなくてはならないと思います。

多くの国が核を保有している現実と危険性を、世界の人々に訴えていかなくてはいけないのです。

母が戦争を体験したのは独身の時です。戦後に結婚しました。

父は戦争で上官から殴られたり蹴られたりして、たいへん虐められたそうです。そのように母から聞きました。

テレビでも同じようなことを体験した人が、「戦争というのは部下を殴るのかと思った」と言っていました。戦争は異常な事態で人を変えるのでしょうか。大した理由もなく部下を虐めたのです。恐ろしいことです。

戦争が早く終わっていれば、東京大空襲も大阪大空襲も、そして、広島の原爆も長崎の原爆もなかったのです。

忘れてはいけないのが沖縄です。日本国内で被害が甚大で有ったのは沖縄でした。

令和三（二〇二一）年四月八日付、毎日新聞の切り抜きを残しています。昭和二十

（一九四五）年四月七日、戦艦「大和」が米軍機に撃沈されたことの経緯が記載されていました。

沖縄に上陸した米軍を撃退する為に「大和」など、十隻が水上特攻部隊として出撃したそうです。約二時間の戦闘で、「大和」など六隻が撃沈され、四千人以上の戦死者を出しました。人の命をどのように考えていたのか恐ろしいことです。

テレビ番組で、この時の護衛駆逐艦「雪風」の乗員で生還した方の証言を聞きました。燃料は片道分でした。『最後の郵便物を出すから』と言われて、『これは遺書を書けと言うことだと直ぐに分かりました』。しかし、内容は検閲が有るのです。この方は書かなかったそうです。太ももに銃弾を受けながらも、撃沈された「大和」の乗組員をロープで救助したそうです。

戦争を始める前から結果は分かっていたのでしょう。戦争が国民にも世界の人々にも多大な被害を及ぼすことに変わりは有りません。

どのような状況になれば終戦の選択をするのか、その考えもなく戦争を継続したのでしょうか。判断することができない集団だったのかも分かりません。

国民が毎日亡くなっていくのに一日延ばしにして判断を遅らせていました。国民の命を見捨てたのです。その人たちは何の為に政治をしたのでしょうか。

終戦への決断を実行する。政治家は自身の意見が正しいと考えれば、そのように発言すれば良かったと思います。戦争を終わらせることと、国民の命を助ける道を選ばなければならなかったのです。政治家の責任において為すべきことはその選択だけでした。

選挙と教育

戦後、婦人参政権が実施され、相当数の投票率だったと記憶しています。当選した女性議員も多かったのです。選挙の投票方法も現在とは違います。今日、選挙における投票率がたいへん低いです。五〇パーセント台が常態化しています。それでいいと考えている人が多いのは残念です。

小学三年生の時、六〇年安保闘争が有りました。男子生徒は教室でジグザグ行進していました。まだラジオのニュースでしたが、女子学生が亡くなりました。母に何で亡くなられたのと聞きました。しばらくして、母は教えてくれました。その時、デモに行ったら死ぬかもしれないと思いました。

七〇年安保の時は、世の中の状況がだいぶ六〇年安保の時とは違っていました。それでも、連日デモの様子は報道されました。近くの大学にも機動隊が来ていたのを覚えています。

子供の頃から、「今度の市議会選挙で近所の人が出るから話を聞いて応援に行くつもりです」とか比較的身近にそんな話を聞く機会が有りました。

最近では皆何を根拠に選挙に行って投票するのでしょうか。新聞購読者は減っています。テレビもあまり見ないようです。国政はまだ話題に上りますが、詳しく内容を理解している人はどれほどいるのでしょうか。では、地方自治はどうでしょうか、私も仕事をしていた時は、とても地方自治体の選挙、居住地の選挙は選択の基準が全くはっきりしていませんでした。今では、市の広報誌、議会だより、ホームページで議会のライブ中継や録画を見ることにより、判断できる状況になりました。新聞も一紙では良くないと思うので、今は二紙購読しています。読むのは長時間掛かります。

図書館に行くと、少し年配の男性が新聞をいくつか読んでいる光景に出会います。それだけ熱心なのです。

一つの例ですが、「私はあの政策には反対です。あんなもの建てるのは絶対反対です」と言っていた方が、その政策に賛成していた議員に投票していて、「知りませんでした」と言われたことが有りました。頼まれたからとか、ＰＴＡで世話になったとか、そういうことで投票することから脱却しなければ、正しく判断できないと思います。

例えば、有権者が十万名だとしますと、投票率が六パーセント上がると、六千票増えます。結果は自ずと変わる可能性が有ります。

地方選挙でも、国政選挙でも、参政権という権利を履行することは大切なのです。

今、十八歳以上の方の消費に関する社会問題が取り上げられていますが、選挙についても大切です。投票券や投票箱は見れば分かります。今までも二十歳になって直ぐに政治の判断ができたのでしょうか。私は先輩に聞いたり悩んだりしました。

メディアの報道にも、全ての事実だけを伝えているのではないと、気を付けなければなりません。また、毎日同じ政治家の発言をテレビで放映すると、その政治家の顔が、視聴者の記憶に残ります。

世界を見渡せば、必ず内戦やテロや小競り合いが有ります。私たちが直ぐに直面するかどうかは分かりません。

選挙で当選した国会議員が法律を制定し、行政府内閣が国政に携わる。国民の意に沿わない法律が成立したとしても、国民が投票した国会議員が決めたものなのです。国民は知らなかったでは済まされません。

現状をよく見て判断することがたいへん重要です。国政が衆議院議員選挙、参議院議員選挙の結果で、決まってしまいます。多数の議員が出た党が与党。その与党の党首が総理となるので、国政がどうなるのかは全く分かり切ったことです。

選挙権の有る人はその権利を行使してほしいと思います。自分の意見が言える人を選んでほしいと思います。

国会という場で、自分の意見が言えない議員は要りません。選挙の時に福祉、教育、経済、コロナ禍での地方経済の話をするのは普通のことです。

現政権についての意見が、自身の主張として言えるのかを明確にしてほしいと思います。

以前、他国の大統領に対して、この大統領を選ぶ国民がいるのか。そして、この人を党の代表として選ぶ党が有るからと思いました。

今日、世界から見て私たち日本は、日本人はどのように理解されているのでしょう。

近現代史を教えてもらわなかったと今さら言っても仕方有りません。知ろうと思えば知る方法は有ります。勉強はいつからでもできますし、できることから始めれば良いのです。と思ってはいますが、勉強までいかなくても知識としてとらえることは容易にできるかもしれません。

政治が戦争にも結び付いていることは、第二次世界大戦だけのことではないのです。

小学校四年生の頃だったと思いますが、国語の授業の教科書の中で「さあ、国語の勉強は、今日が最後です。明日からは私たちの国語を使うことができません。皆、元気良く」と教師が生徒に言っている場面が記載されていました。戦争で侵略され、母国語を使うことを禁止されて、侵略国の言語を使うことを強制されたのです。

ヨーロッパでは数多くの戦争で、二つの国が一つになったり、また二つに分かれたりしていました。

今の国語の授業とは関係有りませんが、私はチェコスロバキアという国は最初から一つの国と思っていましたが、或る時、テレビでチェコとスロバキアの二つの国になったと聞いて、母と顔を見合わせました。そのテレビでは、チェコスロバキアは元々二つの国だったと伝えていて、そうだったのかと思ったことが有ります。

あの戦争、第二次世界大戦は終戦間際にソ連が参戦してきました。

終戦が少し遅れていたら。日本は二つに分けられたかも分かりません。

実はこの話も母から聞きました。母の世代の多くの人は、戦中、戦後の日常が生死に関わることなので、いつも注意深く、限られた情報源から知識を得ていたのだと思います。

政治家は、日本を始め世界各国の歴史や文化、民族性、宗教などに知識が必要だと思います。特に自国、日本の歴史を正しく認識していなければならないと思います。知らなかったでは済まないのです。世界の人々は知っているのですから。勉強不足などという言葉は通用しません。

政治家に限らず、私自身日本のこと、地理、歴史、文化について理解していないことが多いと思います。

一番大事なのは社会、地理と歴史です。地理については、過去のデータなどは残っているのかも分かりません。歴史について、大切な戦争前後の資料、各地での資料が保存されていないとしたら残念なことです。終戦後に確かな資料を残して、事後の反省とするべきことが多く有ったはずです。

戸籍は大阪市内では古い物は戦争で焼かれてしまったと聞きました。

書類を焼却する、隠ぺいする、改ざんする。それが日本の政治の文化とすれば、あまりにも卑しく、浅ましい、愚かなものです。

そして、現在もその文化はなお引き継がれているのです。

近年もどこかの地方選挙で投票数が合わないからと、職員が票を焼却していたとニュースで知りました。

国レベルでシュレッダーにかけたりしているから、同じようなことをしているのだと思います。残念なことだと思います。その人たちに良心とか常識とか社会性はないのでしょうか。

資料を黒塗りにする、マスキングしてまで隠そうとするのです。

また不思議なことに、問題が有る議員が急に入院することが有ります。そして選挙でまた選ばれると「禊が終わった」と支援者が言うことが有り理解できません。

有権者は何も見ていないのですね。何となくそれで良いと考えるか、地元の議員を選出したいと考えるのかも分かりません。

子供の頃から国会での議論をテレビで見ていました。皆一様に雄弁でした。全てを理解していた訳では有りませんが、質問についてまともな議論をしていました。今は違うと思います。しかしながら、国会の中継をテレビで見ることができるのは、家にいる人だけです。録画して視聴することもできますし、最近は過去の映像を見ることができますが、熱心な人は少ないようです。

選挙では現政権、過去の政権を総合的に考えて判断しようと思いました。

国会議員の選挙の時に、候補者は、党首にこの方を選びます。或いは、この方とこの方は選びません。と公言してほしいものです。そうでなければ、いつまでたっても疑惑は解消されません。

当然に公開すべき資料を隠ぺい、改ざん、破棄したことを容認する党首を追及しない議員は、そのことに加担したことになると思います。

不幸な状況になった人に対して、その議員に投票した有権者もまた同じです。

また、この状況下では、優秀な人が官僚になりたいとは思わなくなるのではと思います。

地理と歴史だけではなく、文化も理解していないと思います。文化は書物も大切ですが、体現できれば一番だと思います。

以前、海外の方に大相撲のことで質問を受けて、一年に六場所有り、開催場所の説明をしたことが有りました。しかしながら、それ以上のことは全く知識が有りませんでした。その時はまだ一度も大相撲を実際に見たことがなかったのです。海外の方たちはとても熱心です。

伊勢湾台風

小学校五年生の頃だったと思いますが、担任の先生が次のような話をして下さいました。

「大変な水害にあった親戚を見舞いに、何を持って行ったと思いますか。一升瓶二本に水を入れて持って行ったのです。汚い水は有ってもきれいな水がないからです」

一升瓶二本に水と言われたところで、少し笑った子もいたけれど、皆一様に「なるほどそうだ」と思いました。

前後は覚えていませんが、多分この話は「伊勢湾台風」の時のことだと思います。

その時代には、ペットボトル入りの水など有りません。大きな水筒もそんなに容量は多く有りませんでした。

「伊勢湾台風」は小学校二年生の時だったと思います。テレビは有りませんでした。

ラジオのニュースと新聞と、両親と大人の話で知ったのだと思います。

大きな被害が出たと知りました。

小学校で、家から救援物資にする衣類を持ってきて下さいと言われたのです。現在であれば、どの家庭でも衣類は余分な物が多く有り、断捨離の筆頭に挙げられるのだと思います。

しかし、その頃は多分、衣類は今ほど各家庭に多くはなかった時代でした。それでも各家庭から、子供服や、大人用の衣類をできるだけ持っていきました。

近所のお子さんのいない年配の女性が、どこで聞いてこられたのか、救援物資の衣類を「一緒に持って行って下さい」と、我が家に持ってこられました。その中で何故かグリーンの女性用のスラックスがずっと印象に残っています。そのお宅には遊びにいったことが有りました。家の中がきれいで、お庭に木がいっぱいあって、そして氷冷蔵庫が有りました。

この台風は大阪にも来ましたが、住んでいたところが、少し丘のようになった地形で、道路は冠水しましたが、家屋は被害がなかったように記憶しています。雨戸を閉めて室内でじっとして、雨や風の音を聞いて、ろうそくや懐中電灯と乾電池など準備するのが、当時の台風の時の常でした。

多くの方の命を奪った災害でした。

大阪にいた頃、仕事でも私用でも、タクシーを利用することが有りました。

ある日、ＪＲの駅から私鉄の駅まで、歩いて行ける距離でしたが、大変な大雨で傘だけではとても無理なくらいで、バケツをひっくり返したような雨でした。

運よくタクシーに乗れました。「近くで申し訳有りませんが。すごい雨やから助かりました」と言うと、運転手さんは「私、伊勢湾台風を経験しましてなあ」「まあ」と答えたきり、私は何も言えませんでした。あの大きな災害で、大変な恐怖が有ったのでしょう。生死を分けるような経験をされたかも分かりません。もしかしたらご家族が被害にあわれたかも分かりません。運転手さんは多くは話されませんでした。この方は、大雨にあうと「伊勢湾台風」の記憶がよみがえってくるのかも分かりません。誰かに話すことで少し感情が落ち着くのかも分かりません。

目的地の私鉄の駅に着いたので、とても助かった旨のお礼と、お気を付けてと言ったように思います。

五千人以上の死者と行方不明者がいました。台風が最大級だったことが大きな被害の原因でした。しかし、現代社会と大きく異なるのは、必要な情報がなかったことと、災害に対する知識がなかったことだと思います。居住地域についてもハザードマップなどない時代でした。

さて、現代社会において、居住地域のハザードマップを全ての人が見て理解している訳ではないと思います。確認した方が良いのです。

阪神淡路大震災

ここ奈良県に引っ越してきた翌年、「阪神淡路大震災」が起こりました。奈良県は震度4弱でした。飛び起きて、家族は無事。テレビをつけました。NHKで画面が映ってから少しして、宮田アナウンサーが放送を始めました。テレビを見ていました。かなり長い時間見ていたのだと思います。道路に腰かけて、「朝から何も食べていません」と言う人々もいました。避難できた人たちは皆そうだったと思います。

神戸商船大学の学生たちが救助活動をしていました。

船で避難する方々もいました。

この時の私は、近鉄が動いていたのが分かったので、会社の同僚と連絡を取りました。「では難波で会いましょう」と言って出発しましたが、難波に着いても地下鉄は止まっています。地下も地上も人が溢れていて、同僚を探せるはずもなく、何とか会社に到着しました。事務所の中はとても一人で片づけられる状態では有りませんでした。

今度は帰宅できるかどうかが心配になりました。しばらく待ってタクシーで難波まで到着し、近鉄で帰宅できました。

自宅のテレビは、火の海になった神戸が映っていました。朝からずっと宮田アナウンサーが、一人で放送を続けていたそうです。消火も救援もできずに多くの方が亡くなられました。この時の政府の対応には数多くの批判が有ったようです。

当時、衆議院議長だった社会党の土井たか子氏が、「『テレビを見て下さい』と政府関係者に言いました」とご本人が発言していました。「必要が有れば救援依頼の連絡が有るだろう」とこれも政府関係者が言っていたそうです。テレビ番組で見ました。

その後のテレビの番組で、どこかの首長が「救援が必要なはずなのに、連絡がないのは連絡もできないぐらいの被害に違いない」と、直ぐに救援に着手したそうです。あの頃は今ほどには携帯電話など持っている人は多くなかったと思います。

家の下敷きになっている人を救い出す為に、男性が道具で救助している状況で、どこの放送局かは覚えていませんが、インタビューしました。男性は「人が中にいてるんや。手伝うてくれや」と言っていました。本当にそう思いました。人の生死の場で、早く助けないと、火が近づいてきたら助けられなくなるのです。そんな状況でした。救える命も多く有ったかもしれません。大変大きな災害でした。

誰も皆、生きる為に生まれてきたのです。幼い子供も若い人も年配の方も同じです。地震で家屋が壊れたことも大変でしたが、あの火災が災害を大きくしました。

あの火災、火の海を見て、大阪大空襲の状況はあのような状況だったのかもしれない、と思いましたが、全然違います。あれは戦時中で爆弾を落とされたのですから。

神戸の火災はなかなか消せませんでした。水も出ず、消防のホースが破れ、道路事情が悪いのに野次馬もいました。

震災後がまた大変でした。当事者しか分からないご苦労が有ったと思います。家族を目の前で亡くされた方が多かったと思います。そのお悲しみは人には分かりません。

その後は多くの人々が救援物資を持って、線路をひたすら歩いて現地に向かってきました。

多くの命を奪い、多くの人の人生を変えてしまった災害から、既に四半世紀以上過ぎました。

その後に大きな災害がいくつも有りましたが、震災というと、「阪神淡路大震災」を私は一番に思い浮かべます。

横倒しになった高速道路。途切れた高速道路から落ちかけたバス。壊滅的な被害の駅舎や鉄道。火の海の街。病院の外で手当てしている医療関係者と患者さん。避難所での多くの方々。

防災の準備

阪神淡路大震災の後、直ぐにリュックを購入しました。考えられる必要な物を一応詰め込んで、後は気が付いた時に見直します。他に必要な物、不要な物を出したり入れたり、賞味期限を確認したり。お金も、お札だけではダメで、コインが必要だったりするので、新聞記事やテレビを参考に用意しています。

このリュックとは別に、車のトランクには少し小さいリュックに、やはり飲料水と食品と衣類、タオル、アルミの毛布、靴を入れています。古い小さい毛布は、タイヤの下に敷く必要が有った時の為に積んでいます。これも寒ければ防寒になるはずです。地震などで車を放置して避難する場合はリュックでなければ持てません。家族で近くに外出する時も、子供さんがいる家庭では、衣類一通りと飲料お菓子などとトイレの準備は必要と思います。お年を召した方の場合も気分が悪くなって、衣類が汚れた時に準備しておくと便利です。実際に困っている方を見かけたことが有るからです。

近年思うのが、降雪地域で、多数の車両が動けなくなって渋滞してしまうことに対して、情報が不足していることと、準備が不足しているように思います。

今は冬タイヤの準備はしません。降雪地に行かないからです。雪が少し降っただけでも運転しないと決めました。

道路の管理者の責任も有るのでしょうが、降雪地に行くならば、冬タイヤ、チェーンの準備はした方が良いと思います。過去にも同じような渋滞が他の地域でも有りました。飲料、食料、暖房用品、トイレの準備は必要だと思うのです。自分の為なので。

地震で車を離れる時は、車検証の原本は持って行くので、コピーは置いておきます。

私もまだ充分ではなくて、何か準備をしておけば、大変な状況にはならないと思っているところが有ります。

先日、地震で停電した地域での、ガスと水道が使用できるという状況で、毎食スパゲティを食べている人がテレビに映っていました。ご飯が食べたい。と言っていましたが、お鍋でご飯が炊けるのにと思って見ていました。

私もたまには、お鍋でご飯を炊いたり、ポリ袋で湯せんで炊いたり、パエリアを作ってみようと思います。

四階以上のマンションでは、停電になると、給水方式によりますが断水してしまいます。

備えは大切です。

東日本大震災

古いビルの三階にいました。グラッとして、ブラインドが揺れました。直ぐにドアを開けてとにかく廊下に出ました。地震に違いないが他の事務所の人は誰も出てきません。奈良県下の事務所に一人でいました。この建物がいつ建築されたのかは知りませんでしたが、相当年数がたっているようでした。館内と外観を見て、二階建ての建築物に後で三階を増築したのではないかな、と以前から思っていました。

私は建築の知識は有りません。ただ、そういう例は他に有るのでそう思っていました。初めから三階建ての場合にこのように建築をするのかな、と不自然な感じがしたのです。地震が起きたら気を付けようと思っていました。実際には震度1くらいだったと思います。

大阪の本社に電話すると、大阪はかなり揺れたようでした。

自宅に帰ってから、テレビで放映されるニュースも被害があまりにも甚大で、その日に分かったことも、翌日からの次々と報道される内容も、今までとは大きく相違していました。

それは、何といっても大きな津波です。当初予想された津波より大きい津波が襲ったのだと思います。先人の知恵が生かされていなかったようです。そして、福島の原発事故が大きな原因だと思います。

報道されるたびに胸が苦しくなることばかりでした。

多くの人が救援活動をし、自衛隊の方々を始め、国内からも海外からも救援活動をして頂き、辛いことも有ったと思います。

各市町村からの職員も公務の救援に携わっていました。ボランティア活動をされた方も全国から多くおられました。

医療関係者も日本赤十字社だけではなく救援活動をされたと聞いています。

私にはできないことだったので、せめて義援金を送金しました。

十年以上たった今も、避難生活を過ごしている方々が多くおられるのです。

福島の原発はまだ何もコントロールできていません。あの時、電気の消費を極力抑えて生活するようにしました。原発を減らす方向に向かったと理解していました。地震多発地帯である日本に原発は危険です。そのように考えています。私は今もそのように考えています。

今も晴れた日は、レース越しの自然光で家事をしています。余分な電気は使用しないように。読書の時などは適度に照明をつけます。水も無駄には使いません。毎日何度も何度も手を洗いますが、水を止めて、流したままにはしません。しっかり洗ってからよくすすぎます。

福島県の農産物は購入します。検査に合格して市場に出ているのですから、良いものは買います。ずいぶん前ですが、デパートの地下食品売り場で遠目に見ても、立派な桃が見えました。人が寄っては買わずに離れていく。おかしいなと思いました。近づいていくと、進物品のような立派な美味しそうな桃。産地が福島県になっていました。私はもちろん買いました。価格もこの大きさでいい香りで安い。お買い得。検査で合格しているから販売しているのです。

以前、中国産白ネギ、餃子や加工食品問題、国内でも偽装牛肉問題が有りましたが、そういったものとは全く別です。

日本で検査されているのですから、信用できます。しかも店舗で販売しているのですから。

私はとても美味しく頂きました。

お米も中身を見て価格も見て同じであれば、福島県のお米を購入します。そう決めています。

東日本大震災の復興状況を政治家が視察に来て、いつも整備が済んだところや、活動を展開している農家を訪れますが、何故そうなのかと思います。復興できていないところを見てもらわないと伝わらないと思うのです。

数字と実際の状況で、これだけの方々がまだ避難生活をしています。と実態を知らせたら良いと思う反面、優秀な政治家であれば、言われなくても復興がまだ済んでいないことは承知しているはずです。素人の私たちが分かることですから。

多額の資金を投入して、一体どこに使われたのでしょうか。土木などの産業が業績を上げているのではないかと思っているのは、私だけかもしれません。

東日本大震災の被災地の復興は、まだ道半ばです。大きな問題はやはり福島の原発問題。この問題が解決できない限り終息しないのです。多分、皆分かっています。

あの頃

幼稚園の頃は楽しかった思い出ばかりです。石の長い滑り台や、プールも有りました。園長先生のご自宅でお泊まり会も有りました。

小学校に入学して、一年生の時は本校に通学していました。二年生、三年生の時は分校に通学し、四年生からはまた本校に通学していました。私の入学する四年前ぐらいから戦後のベビーブームで、小学生が増えたのだと思います。新校舎を建築する為に、本校と分校に分かれていたのでしょう。

勉強以外の各種行事が有り、人形劇の鑑賞、地元声楽家の歌も聴きました。

映画鑑賞会で上映されたのは『二十四の瞳』。この映画は壺井栄原作の、小豆島に赴任してきた小学校教師と子供たちを中心に、戦争によって多くの国民が遭遇した苦難を伝え、なお一生懸命生きる人々を描いていました。涙なくしては見ることができませんでした。

反戦の映画です。

低学年の頃は遠足の時に、ＰＴＡの役員が一緒に行って下さいました。

参観日に母は、和服で長い羽織を着ていました。

社会科見学では、電気機器メーカーの工場見学で流れ作業を見て、すごいなと思いました。

一年生のお正月、一月二日に登校した時に紅白のお饅頭を頂いたのを覚えています。

勉強は国語と音楽が好きでした。作文や詩をよく書きました。音楽は多くのレコードでクラシック音楽を聞かせて頂きました。ずっと覚えています。

五年、六年の時の担任の先生が、イチゴ畑にクラスの生徒を呼んで下さいました。すき焼きを父兄も一緒にしたことも有ります。

学校行事で、ポンポン山に登ったのはこの頃だったかなと思います。

町では、ロバのパン屋が通ってゆきました。お豆腐屋さんの鐘の音や、竿竹屋さんの売り声も通ってゆきました。のどかな町の様子だったと思います。

小さい頃、母のすることをずっと見ていたと思います。手伝えることは何でもしました。糠漬け、沢庵のお漬物、梅干し、梅酒、塩こぶを炊きました。蕗の筋を一緒にとり、うすい豌豆の皮むきを手伝っていました。土生姜をすりおろし、粉わさびをこねました。片栗粉を水でといて手伝っていました。煮物にお砂糖を入れた後、お醤油を入れるのを見ていました。ご飯が炊けると、母はお釜からおひつに手早く移しました。冬は、おひつ用ふとんにくるんで冷めないようにしました。買い物も一緒に行きました。母はお料理だけではなく、縫物、編み物、着物の洗い張りと仕立て。この年代の主婦は、実に何でもしていました。

五年生からは鍵っ子でした。家事は見て手伝っていましたので、一人でできることは何でもしました。洗濯機が有りましたし、掃除機ができてからは便利なものでした。買い物も一人で行きました。たいていのお店は、子供にも親切でした。

中学校の入学式は、桜並木を通っていきました。一年生の時に新校舎が建築されて、運動服を着て教室の自分の椅子を持って運びました。新校舎の運動場で人文字を描いて新聞社がヘリコプターで記念写真を撮影して、新聞にも載りました。毎日新聞だったと後に聞きました。

高校生の頃

高校一年の時、「みんな行かはるから」と母に言って、夏休みに学校の臨海学校で、小豆島に行きました。初めて天の川を見ました。海で泳ぐのは楽しかった。お素麺も美味しかったのが印象に残っています。

一年生の冬休みは「みんな行かはるから」と母に言って、スキーに行きました。生まれて初めてのスキーで、大阪駅から夜行列車で出発。新潟県の関スキー場でした。列車の窓を途中の駅で開けたら、隣に貨物車が止まっていて豚が乗っていました。今だったら、有りえないと思います。

寝台ではないから、座席に座ったまま眠りました。後から乗車した人は床に新聞紙を敷いて眠っていました。

貸しスキーで、スキー板は木製、ストックは何と、竹でした。体育の先生から、荷造り用のひもを二本持ってくるように言われていました。そのひもは、スキー板とブーツを繋ぐベルトに使ったのです。後に自分のスキー道具を購入した時に、あの時は荷造りひもを使ったなと懐かしく思いました。

ほとんどの生徒はスキーの初心者でした。皆、胸にゼッケンを付けました。関スキー場だけの予定でしたが、燕スキー場まで、スキーで移動したのですが、大変でした。新雪に体ごと突っ込んで、板がどっちに向いているのかも分からず、それでも皆四苦八苦して転びながら進みました。

あんなことはもう二度とはできないと思います。燕スキー場、今はもう新聞のスキー場の降雪状況の欄に載っていないので、営業されていないと思います。燕スキー場という名前のとおり、傾斜が楽しかったです。

上から大きな声で名前が呼ばれて、顔を上げました。板とブーツが外れて装着するのに、屈みこんでいたのでした。顔を上げた途端にスキー板が一本すごい勢いで目の前を滑り落ちていきました。本当に危険な状況だったのです。

先生、ありがとうございました。

なお、「みんな行かはるから」と言いましたが、臨海学校もスキーも、クラスで二人だけの参加でした。でも、母は分かっていたのでしょう。

高校二年の時だと思います。伊吹山の夜間登山に参加しました。スタートして直ぐにちょっと無理かもしれない、と思ったのです。最初はきつかったからです。何とか上に近づくと、蛍がいくつも近くまで来ました。少し楽しくなって、レモンを食べたりして元気になりました。頂上は寒かったけれども、準備の時、高度は一〇〇〇メートル高くなると、六度気温が下がると、小学校か中学校で習ったからよく覚えていました。頂上では皆で記念写真を撮り、後で、「これは誰？」と皆で話していて、頂上の銅像だと気付いて笑ったものです。

高校一年生の時、日曜日か夏休みだったと思いますが、新聞を読んでいた母が、「歌舞伎を観に行こう」と、難波の「松竹座」に行きました。

歌舞伎なんて初めてのことでした。七月大歌舞伎でした。演目は忘れもしません、「新口村」恋飛脚大和往来。「新口村」、後に奈良県に引っ越してくるとは、その時は考えていませんでした。

他は「連獅子」と「舞踊」でした。歌舞伎に少しでも興味の有る方であれば「新口村」を知らない人はいないという人気の演目です。特に関西では。

松竹座を出て、母は「おばあちゃんはお芝居好きやったから、よう連れてってくれやったわ」。母の言うおばあちゃんは私の曾祖母のことです。タバコ屋のおばあちゃんで、早逝されたので、私は会いたかったといつも思っています。

「今は『松竹座』しかないけど、このあたりは五つくらい有ったんよ。『朝日座』『浪花座』『角座』『中座』かな、もう一つ『弁天座』。空襲でたくさんの人が亡くなって、家もお店も建物、劇場みんな焼けてしもた」

南で生まれて育った母は、戦争がなければどのように過ごしたのでしょうか。

六四年東京オリンピックの頃

「はあー、あの日ローマで、ながめた月が　今日は都の空照らす」三波春夫の歌で、中学校一年生の時の運動会では、浴衣で踊りました。ＰＴＡの役員が着付けの手伝いに来て下さいました。「まあ、自分で帯結べるの」と言われたけれど、子供の頃から自分で半幅帯結んで盆踊りに行ってました。でも、あの頃は皆浴衣を持っていたのかな。男子はどうだったのかは覚えていません。

オリンピックのことを、それ程は覚えていませんが、女子バレーボールは印象が強く、学校でバレーボールが盛んになりました。

体操の女子選手チャスラフスカも覚えています。大人の女性という感じがしました。体育の授業でも皆床運動を工夫して演じました。

先日、テレビ番組で「プラハの春」の活動に、チャスラフスカが参加していたことを知りました。

中学生の頃はハイキングやピクニックによく行ったものです。

ある日、最寄りの駅で先生と私たち生徒が待ち合わせしていました。先生が道路の向かい側に有るお米屋さんで、「お米を二合買ってきて下さい」と言って、お金を男子生徒に渡されました。その子はお米屋さんのご主人と何か話していて、お米を持って走って戻ってきて、「お米屋さんが二合どうするのか」と聞かれたから「飯盒炊爨します」と言ったら、「お金受け取らなかった」とのことで、先生はあわててお礼を言いに行きました。

そんな時代でした。このお米屋さんのご主人は、小学生の時に同学年の男の子が自転車ごと川に落ちたところを通りかかり、助けて下さいました。私はずっと覚えています。

中学生の時に初めてボウリングをしました。アイススケートも初めて滑りました。同級生がビートルズの話をしていたのを覚えています。

七〇年大阪万博

動く道路や、自動改札機を直ぐに思い出します。

広大な敷地が開発されました。近くに住んでいましたが、万博に行ったのは一度だけでした。人が大勢でとても大変そうでした。

工事も長期に及び、大きなプロジェクト工事でした。出稼ぎの方々も多く支えての準備だったと思います。

社会に出て

昭和四十五（一九七〇）年から社会に出て、働きました。

友人たちに比べて、準備不足だったように思います。就職を前に、専門学校にいく子もいました。

何の資格も持っていませんでした。それで、算盤(そろばん)の練習を始めました。朝起きて直ぐに三十分から四十分。学校の授業が終わると、有段者と一級の同級生が教えてくれました。帰宅して、夜一時間位の練習でした。練習を始めてから一か月後に日本商工会議所の珠算検定試験が有るから、受けてみませんかと言われたので、受験しました。運が良かったのか、三級に合格しました。一生懸命練習して良かったと思いました。

日本商工会議所珠算検定三級の資格は、職場で評価して頂きました。

先輩たちは有段者も多かったのです。

会社の事務職の仕事の状況は、現代社会とは相当違います。

事務机の上には、黒い電話が台の上に載っていて、くるくる回して四人で使用します。ゴム印の箱とスタンプ。筆記用具。私物の算盤。あとは会社の書類です。パソコンはまだ発明されていません。ワードプロセッサーも有りません。ファックスも、コピー機も、計算機も有りません。

本社との書類のやり取りは、郵送でした。

文書はカーボン用紙を社用箋の間に入れて、下敷きを下に入れて書きました。私は文章を書くのは好きな方でしたが、今は本当に楽ですね。

電話交換室が有りました。今では、ホテルか病院くらいしか、電話交換手はいないのではないかと思います。

テレックス室も有りました。

今日であれば、パソコンで社内間連絡はメールですし、社外間でも、メールで良い場合も多いです。書類作成も何と短時間でできることとなったでしょう。計算もグラフもアッと言う間に何でもできます。しかも、保存もできるのですから。

特別なことは何もいりません。簡単な広告や会報、お客様への文書や契約書など。

プレゼンテーションの資料まで。まだ私が使っていない色々なことができてしまいます。しかし、現在も書類は多いです。

残念に思うのは、スマートフォンやパソコンを使用するようになってから、覚えることが少なくなってしまいました。辞書も引かなくなりました。

会社では上司や先輩たちに恵まれたと思います。

本社からの通達が有れば、担当する係の者全員で、具体的な仕事の進め方や処理方法を考えました。新入社員の私の意見も聞いて頂きました。マニュアルが与えられるのではなく、担当者が考えて作りました。なので、不備が有れば変更しました。

仕事量は多く大変でした。

先輩たちは、行楽にも誘って下さいました。奈良県の「山之辺の道」のハイキングでは、茶屋で頼んであったお結びのお弁当でした。

「長谷寺」の牡丹を楽しみながら手作りのお弁当。神戸の街。社員旅行で「湯の山温泉」。奈良県の「瀞峡」にも行きました。

新入社員の頃は、高校の時の友人たちと、北海道の道南道東と旅行しました。自分たちで時刻表を調べて計画した、八泊九日と長期の旅行でした。

今日、この時と同じ旅程では旅行できません。行きは夜行列車、青函連絡船に乗船しました。青函連絡船は、湾の外に出ると波も大きく大変揺れました。同年代の方ならば、ご存知かもしれません。大きな事故の「洞爺丸事故」は青函連絡船でした。当時私はまだ小さかったので、後にこの事件を知りました。母も私もよく分かっていました。何も言わなかったと思います。帰りは、千歳空港から、生まれて初めて飛行機で伊丹空港迄でした。左手に富士山がはっきり見えました。「あっ、富士山」と言うと、窓側の男性が「席、変わりましょうか」と言って下さいましたが、丁寧にお断りしました。

函館からスタートしました。移動するのに時間がかかり、北海道の広さを実感しました。どこへ行っても、景色はきれいでした。湖もお天気が良かったのです。各地で食べたラーメンやトウモロコシは美味しかった。初めて食べたジンギスカンは思っていたよりずっと美味しいと思いました。

お給料を頂けるようになって、本当に嬉しかったのは誰でも同じでしょう。

洋服も買いました。ポロシャツが好きでよく着ていました。流行りのプリーツスカートを通勤に穿いていました。

サイモンとガーファンクルの『明日に架ける橋』のレコードを買ったのは、この頃かと思います。

この会社に在職中は、夜行列車で南九州も旅行しました。景色はとても美しく、桜島の灰も実感しました。各地で会った人々は親切にして頂きました。白熊も食べて、食事はどれも美味しかった記憶が有ります。

二つ目の会社の時にファックスの導入をお願いしました。ワードプロセッサーが出始めたのはこの頃です。

タイプ室が有り、英文タイピストと邦文タイピストがいました。テレックス室も有り、海外との連絡に使用していました。

そういえば、四十年くらい前、昨年来よく聞く「エビデンス」という言葉を社内で使っていました。

日本では、ここ数年英語の単語がよく使用されます。その後に説明が必要で有るならば、日本語で良いのではないかと思います。専門用語は例えばパソコン用語などは、それしかないので理解できるのですが、日本語を正しく大切に使いたいと思います。テニスや、シーズンになれば、スキーもよく行きました。

夏には梅雨明けを待って、京都や兵庫県の日本海側の海水浴場に行きました。民宿から海岸までの細い道を歩いていくと、ガッシャン、ガッシャンと織機の音が聞こえてくるのです。このあたりは丹後ちりめんの産地です。その向こうの砂浜に続くきれいな青い海が有りました。

日本百名山の一つで奈良と三重の県境に有る大台ケ原に登りました。山小屋に泊まって、鎖につかまって登ってたいへんでした。

鳥取の大山にも登山しました。この日はお天気が悪かったので、景色は全く見えませんでした。ここでも遭難する人がいるのだと聞きました。

仕事は一生懸命に頑張りました。旅行やコンサートなども楽しみました。良い友人たちに巡り会えて良かったと思います。

長距離の旅行は寝台特急でした。入線する列車を、ホームで待つ人々がいます。乗車する人々はレジャー旅行が目的とは限りません。其々の思いで待っているであろうその場には、一種独特の緊張感が有りました。見送りの人たち以外は、同じ列車に乗車する一つの共通意識をもった固まりの感覚でした。

社会の経済状況は常に上り調子でしたが、バブルがはじけ、大きく崩れ落ちることとなりました。株価大暴落。大手證券会社も自主廃業しました。奈良の新しい店舗がオープンする日でした。

その後も大きなうねりとなって、多くの会社でリストラが行われるなどの混乱となったのでした。

私自身もリストラになる前に、転職をしました。その後新しい仕事に就くたびに、専門学校に行って勉強し、必要な内容を習得するようにしました。もちろん充分では有りませんでしたが、その時にできることはしておこうと考えました。

私はどこから来たのか

『飛鳥資料館』に知人の飛鳥観光ボランティアの方と訪れました。この方は以前観光バスのガイドをされていて、色々なことに詳しい方です。資料館の館外には、ペルシャ人の顔の石造のレプリカが有ります。館内には本物も有ります。たくさんの展示物が有ります。渡来人は六世紀、七世紀から朝鮮半島や遠くユーラシア大陸からも訪れたのでした。

正倉院展でも、ペルシャの白いガラスが展示されていた記憶が有ります。その後も渡来人は多く日本に定住したそうです。日本各地に定住しました。百済や新羅から戦に負けて、或いは援護を依頼する為に日本に来ました。秀吉の時代は技術者などを連れてきました。

歴史を紐解けば多くの渡来人。今、人種についてこだわる必要が有るのでしょうか。日本では、ヘイトスピーチが問題になっています。私には理解できません。

アメリカでは黄色人種に暴力を振るう人がいるそうです。日本人にも同じです。スポーツ界では、現在も過去も日本人が多く活躍しています。活躍すれば良いのでしょうか。

オリンピックとコロナ問題

オリンピック開催についての意見は、賛成も反対も有ったことは事実でした。参加した選手の成績やテレビの視聴率だけで考えるのは、正しいとは言えないと思います。競技以外の部分、例えば選手の移動などはどうだったでしょうか。選手のバブル移動は成功しませんでした。

また、この時期のコロナ対策も合わせて考えるべきでしょう。各地では、コロナ感染者の療養所のホテルで重篤になる方もいました。自宅待機中に亡くなった方もいました。

一日の死亡者数が二百名と報道された時は、この国はどうなるのだろうか、と思いました。

充分な医療を受けることなく亡くなられた多くの人々を思う時、何が何でもオリンピック開催を実行するとした政府を支持できません。

コロナ禍は予想できなかったかも分かりません。しかし、毎日各都道府県からコロナ感染者の実数が、即ち新規感染者数、重症者数、死亡された方の数が報道されました。病室の逼迫している状況や現場の医師が災害対応と同じと発言していました。毎日、重症者が亡くなりました。この数字に表れない自宅療養者が亡くなっていることも有ると報道されていました。

令和四（二〇二二）年一月十四日の報道では、自宅で亡くなられた方が、分かっているだけで、二百名以上でした。

医療従事者の方々は本当に皆さん力を尽くして下さっていました。

現場の医師、感染症対応をされている医師はマンパワーが足りないと発言していました。

看護師が不足しているのは、コロナ問題が起きる前からで、求人情報ではいつも募集していました。

以前に医療関係者より、長く離職していた看護師は、電子カルテの扱い方を知らないから、まずそれを教えて、覚えてもらわないといけない、と言われていました。潜在看護師が多くいるのは知られています。離職していたが、講習を受けてワクチン接種の為の看護師として、協力して頂けるのは大変ありがたいことだと思います。

コロナ感染者で不足している看護師は、必要とされている技術の内容が数多く有るようです。感染者対応の医師が発言していました。人工呼吸器を装着とか、あといくつか発言されました。それに感染症患者なので、通常なら介護職の方がする内容の仕事もしなければならないので、相当な仕事量になります。

二年以上たっているのです。状況はどうでしょうか。国内ワクチンの開発の話も有りましたが、そのワクチンはまだ使用できる状況ではないようです。

運転免許証は五年か三年で更新します。他の国家資格、看護師はどのように更新するのだろうと思いました。医療は日々新しくなります。講習の機会が有れば、技術や知識を習得することができると思います。

更新するようにすれば、即戦力として仕事について頂けるのではないかと思います。医療関係者は何とか患者を助けようと努力して頂いています。看護師は圧倒的に女性の従事者が多いと思います。近年男性の看護師も増えましたが、看護師は一生続けられる仕事の一つとして、女性・男性に関わらず増えていけば良いと思います。能力、技術だけではなく体力も必要なのです。

市民の生活

ニュース報道で、各地の市民の色々な意見が放映されます。ストレスが有ることや生活のことなどです。

一番大切なことは、コロナ禍で収入がなくなり生活できなくなった人々を守ることだと思います。行政ができることをしてほしいのです。そして、そのことを広報して下さい。困っている人が連絡しやすいように。

ニュースでは女性の自死が増えていると報道されていました。当事者でなくては分からないことなので何も言えませんが、今日、生きることを考えてほしいと思います。明日誰かに相談できなければ、とにかく行政に連絡してほしいです。

大きな戦争後も、何とか生き延びて繋いできたのです。折角生まれてきたのだから、ご自身で終わらせないで下さい。その命は大切です。

忘れられない光景

私鉄沿線の駅の近くに、大学が有りました。

子供の頃からこの大学によく遊びに行きました。運動部も色々あって、馬術部やゴルフ部、スキー部はストックを持って道路をランニングしていました。テニス部はその頃流行っていたベストを着て、見たら直ぐにテニス部と分かるファッションで道路をランニングしていました。

近くの商店の主婦が事故で亡くなったのです。まだ小さい子供たちを残して。そのように聞いていました。

遠目にテニス部の人たちがランニングしているのが分かりました。近づいてきて、一番前の人が止まって脱帽しました。全員そのようにして頭をたれたのです。

出棺でした。

人の命、その尊厳について自然に行動したのでしょう。

私はこの光景を何度も思い出します。

毎日、コロナ感染者の報道が有ります。人の命が失われていくことに、社会が慣れてしまうのではないかと心配になります。

政府や責任の有る方には、最善を考えて判断し行動して頂きたいと思います。

京都アニメーションや、北新地での放火殺人事件で多くの方が亡くなりました。亡くなられた方の死を悼み、お花を持って多くの人々が訪れていました。

人の命を大切に思う心は時代を超えて変わることはないと思うのです。

戦争と紛争と

連日、ニュースでは、ロシアのウクライナに対する侵攻について報道されています。情報が世界に瞬時に飛び交う、今日ならではのことです。

見るに堪えない状況です。人は人にこれほど残虐な行動をとるのです。

早く収束してほしいと願わずにはいられません。

テレビの番組では、学者や専門家が意見を述べています。

ウクライナの他にも、ミャンマーでは軍事クーデターが有り、中東問題も有ります

と発言した学者がいました。

ロヒンギャ難民問題、チェチェン紛争、シリア内戦と報道されましたが、現在ほど、その内容を注視していませんでした。

過去には、ベトナム戦争が二十年近く続きました。アメリカが参戦して十年くらい

で南ベトナム、アメリカ側の敗戦でした。

連日のように、沖縄の米軍基地から戦略爆撃機B52が飛び立っていきました。悲惨な映像と世界に衝撃を与えた写真を直ぐに思い出します。

戦後、地雷や枯葉剤の影響で苦しむ多くの人がいました。

戦争の後には、双方の国民の悲嘆、民間人・兵士の死傷者の問題が大きいです。心的外傷が大きいことも有ります。

朝鮮戦争、ベトナム戦争で日本の経済状況は良くなりました。戦争当事国は多額の軍事費を消耗し、周辺国では経済が上昇する。皮肉なことです。

避難民と難民受け入れ

ウクライナ避難民を日本に受け入れることについて、日本政府は今回の件は特例とのことです。意見が色々出ています。

希望する方々がいて、受け入れができるのならば良いと思います。

避難民の受け入れと、難民受け入れとは相違するとのことです。

名古屋入国管理局で死亡した、スリランカ出身の、ウィシュマ・サンダマリさんの事件が有りました。

また、牛久市の入国管理センターでの問題が有りました。これらの事件をそのままにしておいて良い訳がなく、日本政府として内容を開示して解決してほしいと思います。

国連平和維持活動協力法

『一九九二年六月、国連平和維持活動協力法が成立しました。自衛隊と文民警察官がカンボジアに派遣されました。

一九九三年四月に国連ボランティアとしてカンボジアの総選挙の準備に参加していた、中田厚仁さんが射殺されました。二五歳でした。

翌五月には、国連カンボジア暫定統治機構の車列が襲撃され、高田晴行警部補が殉職しました。三三歳でした』（読売新聞令和四年三月二十二日付、時代の証言者、柳井俊二氏記事より抜粋）

令和四（二〇二二）年三月二十日、岸田総理がカンボジアにて、故高田晴行警視の慰霊碑と、故中田厚仁氏の慰霊碑に献花されたとの報道を見ました。

故高田警視、重軽傷の四名の警察官は文民警察官でした。

中田厚仁さんのお父様とは仕事関係で面識が有りました。

ご子息を亡くされた後、会社を退職されるので、私の上司にご挨拶に来られました。後にご子息の遺志を継いで国際ボランティアとして活動されました。立派な方でした。

安全ではなかったから射殺され、襲撃されたのです。

お二人が大切な命を亡くされたことは、とても残念に思います。

「ラストメッセージ」上映会
九回出撃を命じられ、九回生還した特攻兵の〈遺言〉

大阪では初めて上映されました。

上松道夫監督、渾身のドキュメンタリー。

令和四（二〇二二）年五月七日、茨木市「子どもたちと考える戦争と平和実行委員会」主催でした。

上映会の後に、上松監督のお話が有り、上映会の詳しい資料も頂きました。

主催者ご挨拶の代読と進行は相可氏がされました。

この上映会との出会いは、三月に相可氏の講演を聴講する機会が有り、その時に開催されると教えて頂いたご縁からでした。

以下の内容は、上映会で観たドキュメンタリーの内容と感想に、頂いた資料の内容から抜粋しています。

佐々木友次氏、大正十二（一九二三）年六月二十七日生、平成二十八（二〇一六）年二月九日死去（享年九十二）。

上松監督が佐々木友次氏を取材されたのは、平成二十七（二〇一五）年七月十六日、札幌市内の病院でした。

佐々木友次氏のラストメッセージです。

「戦地行ったらね、それは国の為とか死ねとか言われて上手に考えるけどそんなものでない。悲惨なものですよ。もう自分というのが無くなってしまうんだからね。それはもう自分が無くなってしまったら無になってしまう。それで何も考えなくなってしまうからね、死にやすいんですよ」

その前に、何度も生還できたことについては、「寿命です」との言葉が有りました。「フィリピンで、婦人を二人助けました」。急に思い出されたのでしょう。

映像の中でも、言葉がはっきりしていました。

北海道石狩郡当別村茂平沢出身。十七歳で、航空機乗員養成所に入所。昭和十八年四月陸軍に入隊。六月に鉾田陸軍飛行学校へ配属。そして、岩本大尉と出会い、心から尊敬することとなりました。

岩本大尉、大正六（一九一七）年十月二十五日生、昭和十九（一九四四）年十一月五日死去（享年二十八）。

鉾田陸軍飛行学校教官。航行技術の名手。

昭和十九（一九四四）年五月、軽爆四機が敵駆潜艇に損害を与えたことに、南方軍は過大な発表をしました。この「大戦果」が体当たり攻撃を主張させる有力な根拠となったのです。七月には米軍がサイパン島の完全占領。インパール作戦惨敗。東条内閣総辞職。戦況が悪化の一途をたどる中、国民には無い戦果を過大に発表。大本営は体当たり攻撃の実施を発令しました。十月二十二日には、岩本大尉以下、佐々木友次伍長を含む二十四名が、フィリピンへ向かったのでした。台湾で「任務は体当たり攻撃である。爆弾は普通の投下方法で落とせない」と話を聞いたのでした。岩本大尉は「特攻」に反対でした。操縦者に爆弾を投下できるように独断で改装した旨を告げ、「要は、爆弾を命中させることで、体当たりで死ぬことが目的ではない。命を大切に使うことだ。むだな死に方をしてはいかん」と隊員に伝えて、フィリピンの全飛行場の要図を配布。佐々木伍長は生涯にわたってこの言葉を忘れなかったと思います。陸軍最初の特攻隊「万朶隊」です。岩本大尉など五名の隊員は上層部のせいで、「特攻」に出撃前に「無駄死に」となったのです。佐々木伍長は一回目の特攻出撃で損傷を与えて帰還しましたが、各紙過大な作り話掲載。大本営の発表も作り話でした。特攻出撃で、佐々木伍長は死亡したことになりました。北海道新聞に掲載。大本営発表、二階級特進、功記勲記を与えられることになりました。生家弔慰の客。軍神として扱われたそうです。他の飛行隊も体当たり攻撃をし、大本営発表に軍人や国民は感動し賛美しました。第二回出撃命令以降「必ず大戦果をあげてもらいたい」。体当たりせよということです。万朶隊は、佐々木伍長一人の操縦者に。この国家機構では、どのような誤りも、一度通せば訂正されることがなく、訂正しなければならないのは、現実の中に有る事実と人間でした。この状況は現代社会でも有るのではないでしょうか。大本営発表は、二度も佐々木伍長を戦死させました。佐々木伍長に体当たり攻撃で死ぬことを強要する上官がいました。しかし、佐々木伍長は九回出撃して九回生還したのでした。マラリアでも苦しみました。戦死しているからと、搭乗証明を出してもらえず、その後、米軍の捕虜となり帰国されました。

家に帰った時、お母様と佐々木友次氏も、声をあげて泣いたそうです。

体調が戻ると、岩本大尉の奥さんの実家、山口県に行き、大尉の最後のことを報告、墓参もされました。

特攻隊について質問されると「戦争も、生死の間を往来したことも、今にして思えば、みんな運命だったのです」と答えたそうです。

上松監督のお話で印象に残ったことは、戦争の時、政府は嘘をつく。正しく伝えるのがメディアである。〜と言いました、というのは、メディアではない。佐々木氏がご存命であれば、取材したいと思いました。戦争を考える時、自国のことだけではなく、戦場の他国の人と土地を考える。相可氏の著書にも記載されていました。日本は、戦争で多くの他国の人々や国に被害を及ぼしました。

「特攻隊員はいきなりある日突然につくられるのではない」保坂正康著『「特攻」と日本人』講談社現代新書刊。他、参考文献多数。

上松道夫監督　プロフィール

昭和二十三（一九四八）年岐阜県生まれ。昭和四十七（一九七二）年、テレビ朝日入社。「ニュースステーション」などの報道番組を担当。「報道ステーション」を立ち上げ。その他国際的スクープ多数。

私は、社会や政治を注視し、考えてその中の一人として過ごしたいと思います。とても参考になる上映会とお話でした。ありがとうございました。

人の命

過去の不幸な戦争、信楽高原鉄道事故、福知山線鉄道事故、飛行機の墜落事故、オウム真理教事件、地下鉄サリン事件、阪神淡路大震災、東日本大震災、大雨や台風など、各地での大きな水害や地震、交通事故。もう書ききれないくらいの災害や事故や事件を忘れないで下さい。

コロナ問題をこれ以上、人災にしてはならない。私は強くそう思います。

太平洋戦争は、それより前の長い戦争の後、さらに間違った選択をして真珠湾攻撃を端緒に被害を大きくしました。能力がない政権によって、戦争を長引かせ終戦を決定するのが遅れたので、亡くなった方がより多くなりました。

私は、自分自身の言葉で自分の意志や意見を発言しようと思います。何も言わないことは現状で良いと肯定していることになります。
大勢の意見に同調することは楽です。
ですが、人に任せても何も変わらないのです。
現代社会では自由に発言できるのです。
あなたの意見を発言して下さい。

おわりに

時の為政者も軍人も戦時中嘘をつきました。戦後も自分に都合の良いように、平気で人に罪を擦り付けました。特攻を美化して語ろうとしました。だまされてはいけないのです。特攻で亡くなった方々の多くは、母や妻を想って無念な思いで死の旅に飛び立ったのです。

戦艦大和など十隻は、沖縄特攻でした。

戦地に向かった軍人も、また家族を想っていたことでしょう。

軍隊を持てば動かしたくなる。爆弾を造れば落としたくなる。覚醒剤を使ってでも、若い人たちを無理やり戦地に送ることさえ平気になる。人を異常にするのが戦争です。

相可文代氏の書かれた著書の中で、参考文献は三十一に及びますが、映画監督・伊丹万作が民衆を厳しく批判した『映画春秋』（昭和二十一年八月）に記された内容を読む時、潜在的に考えていたことが図らずも記載されていました。一部だけ紹介します。

「多くの人が、今度の戦争でだまされていたという。（中略）あんなにも造作なくだまされるほど批判力を失い、思考力を失い、信念を失い、家畜的な盲従に自己の一切をゆだねるようになってしまっていた国民全体の文化的無気力、無自覚、無反省、無責任などが悪の本体なのである。このことは過去の日本が、外国の力なしに封建制度も鎖国制度も独力で打破することができなかった事実、個人の基本的人権さえも自力でつかみ得なかった事実と全くその本質を等しくする。（中略）『だまされていた』といって平気でいられる国民なら、おそらく今後も何度でもだまされるだろう。いや、現在でもすでに別の嘘によってだまされ始めていることである」

七十六年前に書かれたのですが、思い当たることが有りませんか。

私は有ると思います。

栗原俊雄氏は、多くの著書が有ります。『八〇年前に始めた戦争の現実を伝えることが、新しい戦争を防ぐ抑止力になると思う。そういう報道を続けていきたい』と結んでいます。

相可氏が執筆されたのは、『二度と戦争をさせない為』との思いに外ならないのです。

歴史学者、小和田哲男氏のお気に入りの言葉『前車の覆るを見ては後車の誡めとす』を知りました（浄土宗新聞）。出典は『漢書』の賈誼伝で、日本では寺子屋などで使われた『童子教』で取り上げられているそうです。参考にしたい言葉です。

市民のひとりです。私は自身の感覚で社会の中を今後も観ることができるように努力したいと考えています。

読んで頂いた方にお礼申し上げます。ありがとうございました。

二〇二二年六月

太田千鶴子

参考資料

『「ヒロポン」と「特攻」　女学生が包んだ「覚醒剤入りチョコレート」　梅田和子さんの戦争体験からの考察』　相可文代

※伊丹万作の『映画春秋』は青空文庫で読むことができます

著者プロフィール

太田 千鶴子（おおた ちづこ）

1951年12月8日生まれ
大阪府出身、奈良県在住

投稿を拝見し　書いておくことにします

2022年8月15日　初版第1刷発行

著　者　太田 千鶴子
発行者　瓜谷 綱延
発行所　株式会社文芸社
〒160-0022　東京都新宿区新宿1－10－1
電話　03-5369-3060（代表）
03-5369-2299（販売）

印刷所　図書印刷株式会社

ISBN978-4-286-23910-1　JASRAC 出2202326－201